SV

Michael Krüger
Umstellung der Zeit

Gedichte

Suhrkamp Verlag

2. Auflage 2013
Erste Auflage 2013

Druck: Druckhaus Nomos
Printed in Germany
ISBN 978-3-518-42394-3

Umstellung der Zeit

I.

»Die Vernunft trägt immer Trauer.«
Ramón Gómez de la Serna

Mein Schreibtisch in Allmannshausen

Im Haus nebenan, wenn man den Hang hinauf geht,
hat Mussolinis Außenminister gelebt,
bevor man ihn nach Italien brachte und aufhängte.
Und ein Haus weiter Hitlers Lieblingsdichter
Hanns Johst, dem hier offenbar die Worte zuflogen.
Ich schaue auf Kühe, Eichhörnchen und Pferde,
bei offenem Fenster höre ich die ferne Autobahn.
Man wird nicht dazu angehalten,
dem Menschen Gutes zu unterstellen.
Wenn die Sonne sinkt, sehe ich mich
im Fenster, aber natürlich können auch Spiegel irren.

Kein Haiku

Eine tote Amsel
vor meinem Fenster.
Ich warte eine Stunde
auf die Umstellung
der Zeit.

Postkarte, Mai 2012

Die Tür zur Terrasse steht offen,
die gelbe Armee des gemeinen Löwenzahns
erobert unerbittlich den Rasen,
das Eichhörnchen sucht die Nüsse
vom letzten Jahr. Es soll regnen,
die Schaukel träumt schon vom Wind.
Wenn die dicken Sonntagszeitungen
recht haben, gibt es das alles nicht.
Den Specht nicht, der seine Elegie
dem Ahorn anvertraut, und nicht
das Unkraut, den Freund der Hummeln.
Weil wir die Unvollkommenheit verachten,
arbeitet jetzt eine unsichtbare Maschine
an der Vollkommenheit. Übrigens,
auch der Apfelbaum, der wie ich
im Krieg das Licht der Welt erblickt hat,
beginnt wieder zu blühen.

Drei Winde, Pfingsten

Ein spitzbübischer Wind
schaukelt in den Vorhängen,
ein anderer liest mein Buch
in rasender Eile,
ein dritter sammelt Steine,
damit die Welt nicht
abhanden kommt vor der Zeit.
In welchen Sprachen
muß einer sprechen,
damit die Welt ausheilen kann?
Und gibt es wirklich
fünfzig Wörter für Licht?

Mai

Es ist Mai, und ich lese
in einem der unaufgeschnittenen Bücher,
daß mein Leben bereits aufgeschrieben ist,
Jahr für Jahr. Auf der letzten Seite
steht, wie mein Leben hätte werden sollen,
aber nicht geworden ist.
Eine zuverlässige Quelle, leicht redigiert.
Der barmherzige Autor legt mir nahe,
es nicht zu beenden, verlorene Liebesmüh.
Am Abend sehe ich mich im Fenster,
ein einziges Staunen, als hätte ich
keine andere Wahl, das Buch vor mir
dunkel und schwer wie Granit.

Bei Münsing

Ich ging durch den Wald, auf Münsing zu.
Musik von winzigen Schlaginstrumenten,
als hätte sich ein Orchester von Zwergen versteckt.
Es dauert lange, bis man wirklich begreift,
daß einen die Bäume überleben,
der Falter dagegen, trotz seiner Schönheit, nicht.
Es knackt unter den Schuhen. Regen,
mit dem die Zuversicht kommt und geht.
Habe ich mich verirrt? Es ist keine Schande,
den Weg nicht zu erkennen, den man gegangen ist.
Ein Wort fällt mir ein: Lupinen,
es führt mich zurück in die Kindheit,
in die Zeit vor der Erfindung der Scham.
Wenn nur die Bäume nichts merken!

Lange Unterredung

mit dem Bergahorn in meinem Garten.
Fünf Stämme, aus einer Wurzel,
sein stotternder Schatten,
wenn ihn die Vögel verlassen.

Ich werde dich überleben,
nur so dahingesagt
wie eine Möglichkeit,
die Wahrheit nicht zu verraten.

Fünf Götter,
in der Wurzel vereint,
aber oben eitles Geschwätz,
wenn es ums Mündliche geht.

Krähenbeißer

Krähen, erzählt einer,
der den Krieg überlebt hat,
muß man mit dem Holz
der Kiefer kochen,
das bindet die Gifte.
Und Sauerampfer dazu,
der von den Tieren verschmäht wird.
Unverständlich ist die Ordnung
der Welt im Frieden.
Wir sitzen im Freien und bestaunen
den Sonnenuntergang.
Die Krähen auf der Kiefer
haben das letzte Wort.

Ich weiß nicht, was soll es bedeuten

Im Wald hab ich Brombeeren gefunden,
eng verbandelt mit einem lamellenartig gestreiften Efeu,
der eine Ruine umklammerte, eine bröckelnde Wand,
an der eine Klingel hing. Sie war heiß von der Sonne.
Ich drückte den Klingelknopf, nur so zum Spaß.
Schon gingen ein paar Götter über die Lichtung,
leichten Schrittes und ins Gespräch vertieft,
und einer lief hinterdrein, der wollte für sich sein.
Was Götter so reden. Wenn nicht alles täuscht,
werden wir demnächst unser exaktes Todesdatum wissen,
hörte ich einen, es steht schon geschrieben.
Ich hatte verstanden, begreifen wollte ich nichts.

Holzhaus

für Alfred Kolleritsch

Mit dem Rücken zur Wand
muß man stehen, im Abendlicht.
Dann sieht man den Sturm,
wie er sich ankündigt in der Krone
der Linde. Die verrückten Amseln,
als ginge es um ein Spätwerk.
Man wird daran gemessen, wie oft
man Wahrheit nicht gesagt hat,
obwohl das Wort warm auf der Zunge lag.
Ein Blick auf die rasenden Wolken,
und man versteht den Bruch
zwischen himmlischer und irdischer Welt.
Der Rücken am warmen Holz,
und dann der Sonnenunteruntergang.

Glück

Wie die Lupinen riechen,
die Schafgarbe nach dem Regen,
der Knöterich, den der Stein
nicht hergeben will.
Es dauert zu lange,
bis man zurückgeschickt wird
in die Kindheit,
als die Worte Zeit hatten,
ihren Reichtum zu zeigen.
Eine späte Erkenntnis,
durch Schwäche gewonnen.
Würdest du mir jetzt
eine Saubohne zeigen,
ich würde tot umfallen
vor Glück.

Waldspaziergang

Keiner hat den süßen Geruch geschlagenen Holzes
so beschrieben, daß wir auf ihn verzichten können,
kaum einer den Moment der Stille,
wenn die Vögel in ihren verschreckten Schlummer
fallen und das Grollen der Tannen
wie ein fernes Echo des Unglücks klingt,
das ungehindert durch die Welt läuft
auf der Suche nach einem neuen Namen.
In anderen Teilen der Erde fragt man sich,
ob wir die Welt geschaffen haben oder ob sie
für uns geschaffen wurde und von wem.
Hier fragt keiner. Jeder Stein ist überzeugt,
daß ihm der Platz zukomme, den er besetzt,
und die zerfledderte Hecke, unendlich langsam
auf der Lichtung gewachsen, will nichts wissen
von den Gesetzen der Natur. Sie steht hier
auf eigne Gefahr. Bleibt man lange neben ihr
stehen, hört man die Vögel atmen.
Bald sind sie fort. Immer noch unklar ist,
ob sie nach Athen fliegen oder nach Jerusalem,
denn wenn man dem Wald gehört,
vergißt man, wo man zu Hause ist.
Bim-bam, bim-bam, einmal mehr versucht
die Glocke der Kirche ein Feuer zu melden,
das nicht zu löschen ist.

Ein Freund

Er ist begeistert
von Gräsern.
Er weiß alles
über Glatthafer
und die gekniete Granne,
über Kammgras
und einseitigen Blütenstand.
Auch das Knaulgras
mit seinen geknäuelten Ährchen
ist ihm vertraut.

Aber er weiß nichts
über Schaumkraut,
Ochsenauge und Bärenklau,
über Kleppertopf und Mädesüß.
Sie kommen ihm vor
wie unentschlüsselter Murks.

Im Feld zählt er Wolken,
von Romanen hält er sich fern.

Manchmal sehe ich ihn
mit dem Roten Straußgras flüstern,
um seine Trauer zu zähmen.

Dämmern

Jetzt sieht man die feinen Risse
im Schatten, und dort,
wo der Bach sich in den See wühlt,
daß es braun aufschäumt,
verliert der Tag sein helles Gemüt.
Und der Wind krallt sich
in das bleiche Geäst der Birken
und übergibt sein Geschenk.
Ach, das glückliche *und*, das alles
ohne Murren verbindet.
Jetzt sieht man den Weg aufleuchten,
der ins Dorf führt,
in jeder Fußspur lauert der Abschied.
Man müßte sich einreihen
in die Kette der Kiesel am Ufer,
um der höheren Gerechtigkeit willen.
Ein letztes Schiff fährt vorbei,
an Bord werden Schlager gesungen
über eine Liebe, die nicht vergeht.
Die Welt ist so klein geworden,
daß die Schwalben, die tief fliegen,
sie im Fluge verschlucken.

Der letzte Tag im August

Der Apfelbaum trägt schwer
an seiner Last, bald wird er
die Früchte ins Gras werfen,
weil ich sie nicht pflücke.
Es ist windstill, und dennoch
beginnt ein einzelnes Blatt
sich zu drehen wie irr.
Etwas stimmt nicht.
Auch die Vögel halten den Schnabel.
Was wir, nach langem Grübeln,
die Dichte des Lebens nennen,
stellt das Wort in Frage,
die Sprache versagt.
Die Dichte ist wortlos,
und jetzt liegt der Apfel beim Stamm.

Der Tod der Birke, 2011

Zuerst wuchs ihr ein Pilz
aus der Hüfte, ein fetter Schwamm,
dann nahm ihr ein Wind die Blätter
und ließ sie achtlos sinken,
zuletzt verlor sie die Farbe.
So stelle ich mir den Abschied vor,
die kleinen Untergänge vor der Zeit.
Heute knickte sie ein.
Der Stein, der ihren Fuß bewachte,
läßt sich nicht aus der Fassung bringen.
Eine neue Zeitrechnung beginnt,
das Jahr eins nach dem Tod der Birke.

Alter Mann unterm Apfelbaum

1

Schuld, immerzu Schuld,
als gäb's nicht genug leere Bücher,
die sie gerne aufnehmen würden
in alle Ewigkeit. Lieber Gott oder
wer immer sich zuständig fühlt
für den Hunger, nimm diese Äpfel
zu dir, sie gehören ins Licht.

2

Schaut man von oben hinunter,
von der Höhe der Schwalben,
sieht man die Äpfel im Gras,
rot wie sehr alte Kirschen.
Der Alte schüttelt den Kopf,
wie ein Kind, dem sein Schatten
nicht gehorchen will
auf dem Weg in den Schlaf.

Nachts auf der Terrasse

Ein Augenaufschlag,
der unbemerkt bleibt.
Die Erde rollt sich zusammen,
nichts mehr zu sagen ist
in der prophetischen Sprache.
Das Papier dunkelt ein,
und die treulosen Buchstaben
können Himmel und Erde
nicht auseinanderhalten.
Noch hört man die Welt
über den geschlossenen Büchern,
ihr bestürztes Atmen,
weil ihr die Worte ausgehn.

Fotoalbum

Knochige Buben in mausgrauen Joppen,
lange Strümpfe, Ferien im Harz (Tante Lotte),
Bürstenschnitt, Besuch der Großmutter (Else),
die sächsische Aussprache, der erste Schwan
auf dem Nikolassee, das Haus gegenüber.
Jedes Foto Frieden, trübe Quellen.
Hier ertranken 34 Menschen beim Baden,
von einem Riesenwels war die Rede.
Das ist Herr Rohde mit dem starren Blick
eines Kutschers, er sprang aus dem Fenster,
weil er nicht an die Zukunft glaubte
bei seiner Vergangenheit. Unika Zürn.
Ins Haus von Paul Scheerbart brachte ich
die *Revue* und eine Marke der *Nürnberger*,
die Rente mußte geklebt werden vor dem Tod.
Noch einmal: das Haus gegenüber.
Und dann ein zerknittertes Foto, eingelegt:
Verraten und vergessen. Die letzten Seiten
leer; glückliche Tage, unverständlich leer.

Erinnerung an die Schule

Eine sprach nur von Akazien,
sie war verrückt nach ihrem Duft.
Plinius kannte sie auswendig,
Horaz lag ihr am Herzen,
Boetius war ihr ein Gott.
Aber wenn die Akazien blühten,
war sie nicht mehr zu halten.
Ihr Name fällt mir nicht ein.

Klassentreffen

Einer ist Tischler geworden,
einer Anwalt, eine arbeitete
in der Pressestelle der ARD.
Mein früherer Banknachbar
erforscht das menschliche Gehirn.
Die Öffnungszeiten der Liebe,
sagt er, sind fließend.
Wie läßt sich das Rot
der Hagebutte beschreiben?
Wir sind für die Zustände
des Ganzen zuständig,
nicht für Details.
Eine hat's geschafft.
Sie wollte Waldbeeren
sammeln in Finnland
und wurde nie mehr gesehn.

Gedicht

Ich könnte von Kriegen erzählen,
von Göttern, die sich aus Langeweile
das Leben ausdachten, von Igeln
in meinem Garten, von mir.
Ich könnte von einem Mann erzählen,
der die Lesarten des Unglücks studiert
wie ein rumänischer Philosoph.
Auch mit Lorbeer
kann man Dämonen vertreiben.
Aber lieber die Klappe halten,
die Stille ist laut genug.

Begleiterscheinungen des Krieges

Im Traum fügen sich alle Bilder
zusammen, wie flüssiger Honig.
Die Vögel klammern sich an die Luft,
ihre Schreie tropfen zu Boden,
zur Freude der Kinder; und der Wind,
herbeigeeilt aus schweigsamen Ländern,
hütet die unsäglichen Schätze von Licht.

Eine Tür springt auf, die Trauer, höflich,
mit leiser Stimme, bittet um Stoff.
Wir sind sprachlos und neiden den Dingen
die Begabung zu schweigen. Schau,
wie die Ameisen den Sand zählen!
Keiner weiß, wie lange es noch dauert,
bis die Soldaten endlich schlafen gehn.

Ein Offizier sagt mit hoher Stimme:
Von jetzt an, liebe Bürger, seid ihr
die notwendigen Begleiterscheinungen des Krieges.
Aber keiner will es gewesen sein.

II.

»Wer den Weg tötet,
der tötet auch den Wanderer.«
Hermann Rehse: Die Sprache der Baziba in Deutsch-Ostafrika

Im Negev

für N. C.

Ich habe den Bären gesehen,
wie er den Schild des Feindes umarmt,
und den Löwen, der im Schatten
der Tamariske das Rind erlegt.
Die Jagd als schmackhaftes Wissen.
Ich habe den Sand gezählt
im Negev, den herrlichen Sand,
der meine Spur nicht halten kann.

Hotel Malibran, Venedig

für Jarek

In der Gasse unter meinem Fenster
begrüßt morgens um Viertel vor fünf
der Metzger die Bäckerin
wie vor fünfhundert Jahren,
und im unsichtbaren Himmel
über mir lachen die Tauben
über die unenträtselten Sprachen.
»Alles, was in dieser Welt
seinen Anfang nimmt, hat auch
in dieser Welt sein Ende.«
Eine Seite wird aufgeschlagen
im dicken Buch der Schlaflosigkeit,
und mit geschlossenen Augen
lese ich, wie man die Stummheit der Welt besiegt.
Eitle Sätze,
die das falsche Trotzdem feiern
und das fadendünne Immerhin,
kein einziges goldüberströmtes Staunen.
Ich will die Geschichte vom Anfang
hören, später, wenn wir mit dem Boot
über die Lagune fahren
und das Wasser sich teilt,
so als würde ein Fallwind wütend
in ein Maisfeld brechen.

Hotel bei Erfurt

Nur Tote wohnen hier,
sie bezahlen mit Asche.
Ihre Schatten sieht man
hinter den Fenstern,
auch die Schatten von Kindern.
Der Taxifahrer erzählte
von einem Mathematiker
aus Jena, '45 gestorben,
der wußte die genaue Zahl
aller Toten auf Erden.
Keiner geht verloren.
Man darf kein Gepäck haben,
wenn man hier einziehen will.
Sogar Bücher sind verboten.

Botschaft, 2012

Post aus heißen Ländern,
die Buchstaben aus Eis
klirren im Briefkasten.
Absender unbekannt.
Keiner soll sagen,
er hätte den Himmel nicht
schreien gehört über dem Land
der Enttäuschten, lautet
die Botschaft, in Zukunft
gehen auch die Wolken
getrennte Wege; auf dem See,
der unsere Schande spiegelt,
liegt, wie ein Heimweh,
das ewige Licht, mit dem
alles begann in Europa.

Hotel Europa

Drei Menschen im Fahrstuhl,
die sich krampfhaft nicht sehen,
drei unverständliche Sprachen,
auf drei Stockwerke verteilt,
drei Nächte des Zorns.

Ein langer dunkler Korridor.

Im Fenster gegenüber füttert
eine Frau das Geschrei der Möwen
mit Brot. Mimesis, ein Werk
ohne Fußnoten, war die Rettung.
Wenn du jetzt anrufen würdest,
würde ich dich nicht verstehn.

Erleuchtung

Wie ich so stehe,
gibt mir das Meer
ein Licht,
das mich entzündet, und mit den Füßen
lese ich
die Blindenschrift der Kiesel.

Flug nach Istanbul

Die pannonische Tiefebene, dann Sofia,
unvorstellbar, daß da unten Menschen leben.
Es gibt Dörfer, aber keine Menschen.
Die Donau weicht geschickt aus,
wenn sie auf Hindernisse stößt.
Manchmal blitzt es unten auf,
wahrscheinlich ein verlaufenes Kind,
das mit einem Spiegel Signale sendet.
Das bin doch ich, möchte ich rufen.
Winzige Rauchsäulen, Lämmerwölkchen,
und dann sieht man schon das Meer.

Harry Mulisch

Die Grachten verlieren ihr Wasser,
und die Boote, seit meiner Jugend
vertäut, liegen auf Grund.
Sehr dünn ist der Tod in Amsterdam,
und schmal die Treppenstufen,
die er hinabstolpern muß.
Aus den Bildern treten die Heiligen,
rostrot ihre Nasen,
und sprechen das Kaddisch
hinter vorgehaltener Hand.

Hotel Il Patriarca

In meinem Zimmer
hat Federico Fellini geschlafen.
In meinem Bett
hat er Jules Verne gelesen,
der sich eine Zukunft ausdenken
konnte für die Zukunft.
Die Vorhänge sind sicher neu,
aber sie wehen so unerschrocken
wie in einem seiner frühen Filme.
Der Feind hat das Zeichen übersehen.
Fellini soll das Leben geliebt haben,
wie man so sagt, bis ihn
die Zikaden vertrieben
mit ihrem dummen Geschwätz.
Alles ist leicht zu verstehen,
wenn man das Leben liebt.
Alles ist leicht unter den Wolken,
die sich davonstehlen
mit dem ersten besten Wind.

Scham

Mailicht. Spät kam einer vorbei,
schälte sich aus dem Dunkel der Hecke
und sprach in der kindlichen Sprache
der Zweige. Bäuerlich sah er aus,
die Mütze hing ihm tief in die Stirn.
Den Fledermäusen war er treu,
er lobte den Katechismus der Tiere,
aber seine Liebe galt den Clownerien
der Schmetterlinge vor dem Kältetod.
Wir saßen auf der Bank vor dem Haus,
schauten dem Tropfen zu,
wie er sich endlich füllt und fällt.
Er ging dann weiter, der späte Erzähler,
nur seinen Namen ließ er zurück,
einen unaussprechlichen Namen.
All seine Erzählungen hätte auch ich
erzählen können, dachte ich,
aber ich habe geschwiegen aus Scham.

Nach dem Regen

Der Fluß kommt mir
stotternd entgegen,
eine Schule der Gewalt.
Er redet durch mich.
Mit Ruhe
kann er nicht dienen.

Vor dem Sturm

Jemand sagte,
der Wind sei ein Handwerker
ohne Werkzeug; die Gräser
tanzen, der Haselnußstrauch
und der Farn knicken ein,
als sei der Zorn des Propheten
in sie gefahren, und die Linde,
von der es hieß, sie preise
die große Heiterkeit des Sturms,
läßt ein weinerliches Krächzen hören.
Das große Donnerwetter.
Mund halten, die leichtherzigen Wörter
kommen von alleine zurück,
die Bilder von glücklichen Räumen.
Nichts ist berechenbar.
Ein Freund teilt mit:
Leopardi und Pascal starben mit 39 Jahren,
und unten fällt krachend die Tür ins Haus.

Straßenszene in fremder Stadt

Krumm steht er da,
»wie ein Fragezeichen«,
und will seinen Schatten schützen,
der auf der Wand ruht
vor dunkler Müdigkeit.
Wir geben nicht viel und nicht wenig,
und zwischen uns trübselige Autos,
die sich durch den Tag schleppen
wie Kamele auf Wanderschaft.
Das Unglück läßt sich nicht
angemessen beschreiben,
auch nicht in Reimen,
weil die Demut verflogen ist
wie vom Feuer der Rauch.
Waldvölker hausen in dieser Stadt,
die von Giftkräutern leben
und menschlich versagen.

Russisches Geld

Das Hotel steht noch,
alle übrigen Häuser
wurden abgerissen,
die Tauben nisten jetzt
in anderen Teilen der Stadt.
Kein warmes Wasser, dafür
ein selbstsüchtiges Licht,
in dem nur Tote lesen können.
Wir brauchten das Geld.
Der junge Mann,
der unsere Koffer trägt,
nennt sich Manager,
Rechnungen stellt er
schon lange nicht mehr aus.

Vier Zeilen für Lalla

für Ranjit

Der Weg, der mich herführte,
war nicht der Weg, den ich nehmen sollte.

Wenn sich die Schuhe verlaufen haben,
komm halt barfuß zu uns.

Zimt

Plötzlich kommt einer auf Zimt,
als sei das die Erklärung
für alle geheimen Verstrickungen
zwischen Himmel und Erde: Zimt.
Meine Großmutter hatte vier Stangen
über den Krieg gerettet, mehr nicht.
Die Birke schüttelt den Winter ab,
der Wind prüft ihre Standfestigkeit.
Und ich denke nur an Zimt.
Von mir aus darf man
den Mond einen Kürbis nennen,
aber wenn einer Zimt sagt,
spüre ich nichts als die Wärme der Toten.

Über Möwen

Man muß Möwen nicht mögen,
besonders dann nicht, wenn sie
wie grämliche Oberkellner am Strand
Wache schieben, bis man endlich,
mundfaul und müde, nach Hause geht.
Aber wer einmal gesehen hat,
wie eine amerikanische Riesenmöwe,
die schon fast wie ein Albatros aussieht,
das dünne Tuch zwischen Himmel und Wasser
kilometerlang passgerecht trennt,
damit die Erde sich darin einrollen kann,
wenn die Sonne sie nicht mehr wärmt,
der wird mit Respekt von diesen Tieren reden.

Über das, was sie reden, kein Wort.

Ländliches Café

Ein Hund geht vorbei,
der mich an Nietzsche erinnert,
wie ihn Olde gemalt hat,
ein kindlicher Schreck
in den dunklen Augen.
Jetzt Hölderlin lesen,
dann kann nichts passieren.
Im Ahorn das Mantra der Tauben.
Die Kellnerin räumt ab,
sie hat ein Herz für die Spatzen.

Nationalmuseum Kalkutta

In staubigen Kästen winzige Steine,
Millionen Jahre alt, Knochen von Dinosauriern,
Skelette von Mäusen, kaum beschriftet,
eine Schildkröte ohne Kopf und Kragen,
deren Panzer aussieht wie die Kessel,
in denen auf der Straße die Armut
gekocht wird auf offenem Feuer.
Es riecht wie in der Schule in Berlin,
als man nicht wußte, warum man Knochen
anschauen sollte, Feuersteine, klobige Nadeln,
mit denen die Evolution sich die Haare strähnte,
ohne Erfolg. Hier, im Museum von Kalkutta,
geht einem auf, daß es die eigenen Knochen sind,
die in den Kästen brüten. In der Ecke
der dicke Gott mit dem Kopf des Elefanten,
der lachend in sein Telefon spricht:
Wir gehören niemand. Schon gar nicht uns.

Indien – Sieben Postkarten

1

Auf dem genarbten Leib
des Elefanten von Jaipur
nisten winzige Vögel.
Sie picken ihm hastig
ein Gedicht auf den Rücken.
Er läßt sie schreiben,
Gedichte sind gut
für die Haut.

2

Die Affen von Amber
kühlen ihre Hintern
auf Marmor aus Carrara.
Ein Geschenk des Maharadschas
aus dem 17. Jahrhundert,
das er nie bereut hat.

3

Sieh den Affen,
die das Heiligtum bewachen,
nie in die Augen.
Sie sind einem Gott verpflichtet,
der nichts verzeiht.

4

Vor meiner Wiedergeburt,
sagt ein Kamel,

war ich Zbigniew Herbert,
der polnische Dichter.
Die Frau von Goethe
will es nicht glauben.
Im Herbst übernimmt sie
das Institut in Prag.

5

Salman Rushdie
konnte nicht kommen,
die Muslime wollten ihn töten.
Jetzt lesen empörte Tauben
die satanischen Verse im Chor.

6

Am Sonntag, nach dem Frühstück,
regeln heilige Kühe den Verkehr
vor dem Palast der Winde.
Sie schweigen Sanskrit.

7

Im Garten des Raj Mahal Palace
wird Hochzeit gefeiert,
der Bräutigam kommt zu Pferd.
Eine ordentliche Mitgift
und zwei ängstliche Augen,
das muß für ein Leben genügen.
Am Morgen sammeln die Ameisen
die Reste auf von Flitter und Tand,
die wirkliche Hochzeit beginnt.

Programmlyrik

Es hilft nichts,
wir müssen den Tau
auf den glänzenden Blättern
des Ölbaums beschreiben,
die uralte Gastfreundschaft
der Schatten, das Alphabet
der Steine, bergauf und bergab.
Unser Schild des Achill
ist ein trocknes Stück Erde.
Manchmal fliegen Vögel vorbei,
rotkropfige Finken,
die unser Leben verkürzen.

Der Igel

für Reni & Ronnie

Seit Tagen läuft ein Igel
durch unseren Garten,
so oft jedenfalls,
daß wir uns kennen könnten,
wenn wir uns Mühe gäben.
Er muß bei den Nachbarn leben,
wo es einen Gärtner gibt
und einen verbummelten Hund,
der den ganzen Tag über schläft.
Aber wenn er unterwegs ist,
dann in unserem Garten,
immer nach Sonnenuntergang,
wenn seine grauen Stacheln
keinen Schatten werfen.
Unsern kurzgeschorenen Rasen
hält er für das Ende der Zivilisation,
den Zaun für ein Werk des Teufels.
Gerechtigkeit für den Igel,
der viel weiß, aber nichts
von der Notwendigkeit des Sterbens.

Wie Gedichte entstehen

Jeder kennt den Moment,
da man auf die Lichtung tritt
und die Hasen,
nach einer Sekunde des Zögerns,
im Unterholz verschwinden.
Es gibt kein Wort,
das sie aufhalten könnte.
Du bist wohl nicht bei Trost,
sagte mein Vater,
wenn mir die Tränen kamen.
Wie soll man ein Ganzes denken,
wenn man nicht weiß,
was ein Ganzes ist?

Schlaflos

Eine halboffene Tür,
durch die sich die Nacht drängelt,
um Ordnung zu schaffen.
In weiter Ferne fahren Züge vorbei,
jeder Waggon gleicht dem anderen.
Die Reisenden schlafen, keiner merkt,
daß einer ausgestiegen ist.
Der steht jetzt an meinem Fenster,
um aus einer ungehorsamen Seele
ein kostbares Gefäß zu formen.
Er braucht viel Wärme.
Die Geschichte braucht mich nicht.
Sie stolpert schlaflos weiter,
mit Kitsch und mit Gloria.
Aber ich bin das Gefäß,
bis an den Rand gefüllt mit Zweifel.
Das ist die Lektion der Nacht.

Urheberrecht

Was wir erlebt haben,
gehört der Geschichte.
Sie ernährt sich von uns,
jetzt verlangt sie nach Ruhe.
Sie hat ihren guten Anzug an,
den mit den Goldknöpfen,
in denen sich spiegelt,
was das Leben nicht
zu bieten hat.
Unser ganzer Besitz.

III.

»Von jedem Hügel aus hofften
wir den Strom zu erblicken;
wir hofften immer vergebens.«
Alfred Brehm (= Tier-Brehm):
Reisen im Sudan

Altes Holzhaus

für Hans Bender

Das Haus eignet sich
nicht für Heuchelei.
Es hört sich selbst zu,
das Knacken in der Wand
schreckt es nicht auf.
Nur der Staub
erhebt seine Stimme.
Im Dorf wohnen Tote,
die nehmen die Post an,
eine blinde Katze
trägt sie aus.
Der Mann, dem das Haus
früher gehörte,
schrieb ein Buch:
»Die Kunst,
eine Maus zu fangen
mit einem Blick«.
Ein Buch über alles,
was es im Leben nicht gibt.

Ein Dichter

Seine Kindheit trägt er
im Gesicht, schwere Bücher
schließen ihm die Augen,
seine Hände ruhen aus,
um den Schatten einzuladen,
seinen Nachlaß zu verdunkeln.

(Ohne Titel)

Ein Freund hat sich angekündigt,
er will bleiben bis zum Ende
vom Jahr. Einsilbiger Name,
den Vornamen verschweigt er,
wahrscheinlich aus gutem Grund.
Ein maulfauler Kerl,
der nichts weiter sagt, hockt den ganzen
Tag da und will mit den Toten reden.
Manchmal hält er die Katze
im Arm und zählt ihre Rippen.
Er nennt sie Frieda,
der Rest ist nicht zu verstehen.

In der Uckermark

für Botho Strauß

Kopfsteinpflaster, an den Seiten ausgetreten,
seit zweihundert Jahren sind die Heufuder
darüber geschaukelt und haben die Ernte
mit den Eschen geteilt. Kaum zu glauben,
daß hier das preußische Korn erzogen wurde,
wo jetzt eine Kuhherde weidet, als hätte es
nie eine deutsche Geschichte gegeben.
Am Rand des Weges liegt ein toter Dachs,
der treibt die Ameisen zur Schwärmerei.
Und im Talgrund bewachen geduldige Reiher
die Fische, als sei das eine Lebensaufgabe.
Hier verläuft unsere innere Grenze.
Keine Bewegung. Schauen, wie die Wolken
sich teilen und nach Polen ziehen.
In Büchern nachschlagen, welche Sprachen
gesprochen wurden, um die Schönheit
zu ehren und ihre Vergänglichkeit.
Wir grüßen die Rotbuche, vor zwanzig Jahren
gepflanzt. Wenn der Blitz sie verschont,
wird sie uns leicht bewegt überleben.

Linsen in New York

für Drenka Willen

1

Manche freuen sich auf New York
wie auf die Begegnung mit einer Zivilisation,
die noch kein Reisender wirklich entdeckt hat,
auf die unruhigen Ufer des Flusses
und der Straßen, wo mit monomanischem Ehrgeiz
das Geld gezählt wird, bevor es im Schatten
der Gier für immer verschwindet.
Sie freuen sich auf New York, weil sie
hier spüren, daß sie von Menschen abhängen,
denen sie nie im Leben begegnet sind.
Man stelle sich vor eine Stadt, in der
nur Tote leben, in Korrespondenzen vertieft,
weil sie eine Vergangenheit haben wollen
um jeden Preis. Die Toten leben weiter
aus Trotz. Sie sitzen in schwarzen Limousinen,
die wie große alte Katzen davon träumen,
die Stille zu retten, die einst hier heimisch war.

2

Ich dagegen, wenn ich an New York denke,
ich sehe den Teller Linsen vor mir,
der im Village in einem Haus aus Backstein
auf mich wartet. Wie der törichte Esau,
der sein Erbrecht für einen Teller Linsen
dem Jakob vermachte, würde ich die Stadt
hergeben für Drenkas tausend Linsen,
serbische Früchte, orthodox poliert, wie seit fünftausend
Jahren.

Fast nichts

Ich träumte von einer winzigen Taschenlampe,
die einen hilfesuchenden Schatten warf.
Der Schatten war immer hinter mir,
immer da, wo es noch Hoffnung gab,
das Dunkel zu verstehen.
Ging ich vor mir her oder folgte ich mir?
Ich kam in eine Gegend, da wurden Tränen
gezählt, sieben Tränen für eine verlorene Welt.
So fand ich zurück, die Tür sprang auf,
und ich sah, wo früher die Bücher standen,
eine blühende Welt.

Geschenkte Zeit

Das Taxi kommt zu spät, der Bus
kann nicht warten, und das Flugzeug
weigert sich, aus technischen Gründen,
den festen Boden zu verlassen. Du weißt,
wie das ist, eine Leere im Magen,
tief, fest und finster,
geschenkte Zeit. Öffentliche Telefonzellen,
das war gestern. Ich hätte auch nicht
gewußt, wie ich es hätte erklären sollen.
So viele Worte, die man nur sagt,
um sie loszuwerden. Raus damit!
Vor dir wimmeln fremde Taxis und Busse,
über dir kreuzen Flugzeuge, ihre Schleier
driften dahin in die Gegend, wo
deine Erzählung ankommen wollte.
Die Hälfte des Himmels in Brand.
Ein Anfang, der keinen Anfang hat,
und ein Ende ohne Ende, und ein Blitz,
der die Zeit zerreißt wie altes Papier.

Herzensschrift

Vielleicht stimmt es sogar,
daß uns nichts andres aufgetragen ist,
als ein paar Wörter auszutauschen
in der Schrift, damit der kurze Text,
der unser Leben kennt, sich anders liest
und andre Bilder zeugt als die,
die in uns liegen, aufgestapelt,
an den Rändern eingerissen – und doch
so klar, als wären sie geträumt.
Obendrauf eines, das nur Himmel zeigt,
es heißt: der Aufbruch im Verschwinden.

Istanbul revisited

für Sezer Duru

Nach dreißig Jahren besuchte ich wieder
die Karpfen in der Zisterne von Istanbul.
Damals brannte ein Öltanker im Bosporus,
der den Namen »Independenta« trug.
Wie eine rostige Schildkröte schnappte
er nach Luft, um das Feuer anzuheizen,
und junge anatolische Soldaten
mußten mit Schnellfeuergewehren
den Rauch vertreiben, der schwarz über der Stadt
hing und uns die Sprache verschlug.
Ich sehe noch die dicken Wülste der Kabel
über den Straßen, gespickt mit Krähen,
die im Auftrag des Geheimdienstes
das Flüstern abhörten über Hammelfleischpreise,
Liebe und die Arbeit in Deutschland.
Die Eule rief von Afrasiabs Türmen die Stunde aus,
und die Spinne webte die Vorhänge im Palast der Cäsaren.
Jetzt sah ich auch die Karpfen wieder in der Zisterne
von Istanbul, seit Justinian geben sie Auskunft
über das Schicksal des Reiches.
Mit der Leidenschaft schwerer Tiere ziehen sie
die Schwermut über die bemoosten Steine,
meine uralten Brüder, die alles wissen
und doch nicht handeln, sie blicken nicht einmal auf,
wenn eine Münze sie trifft aus Europa.
Manche liegen, trostlos und dunkel, wie Intarsien
am Grund und lesen gründelnd
die *historia arcana* über den Einfall der Barbaren.
Was sie rettet, ist der Mangel an Licht.

Alte Brunnen

Es geht um die Grundwasserkrebse,
winzige Tiere mit Dornen und Borsten,
die das limnische Mesopsammal bewohnen,
das Ufergeröll aus Kiesel und Sand.
Sie kamen aus Australien, erreichten
im Jura Madagaskar und wurden schon
lange vor der Entstehung des Südatlantiks
in Amerika gesehen, von Grundwassermilben
zum Beispiel. Sockel- oder Stummelborsten,
alle bilden eine Familie von sechzig Arten
in neunzehn Gattungen und sprechen lateinisch.
Mit ihrer Existenz hatte die Natur
lange nicht gerechnet.
Wenn du nach Sonnenuntergang
im Schlamm alter Brunnen wühlst und zufällig
auf Parabathynellidae stößt, begegne ihnen
mit Achtung, sie sind älter als du.

Diel

Die Butterbirne
geht auf sein Konto,
den leberroten Himbeerapfel
hat er nach Form und Geschmack
genauer beschrieben
als die Kunsthistoriker
das Obst auf holländischen Bildern.
Farbe und Textur des Fleisches,
Standort und Kultur des Bodens,
die große englische Renette
ließ ihn lange nicht los.
Alles wurde erforscht,
nur die Systematik der Obstbäume
fand vor ihm keinen Homer.
Mein Apfelbaum
trägt wieder Früchte, und alle
sind ungenießbar und schön.

Spazierengehen, leicht bewegt

für Karl Anton Rickenbacher

Ein langer unruhiger Fluß,
eine unsichere Tinte,
müde der Töne und ausgelaugt,
und die leichten Schritte,
den alten Wörtern gemäß.
Die Bäume, als Überlebende,
spiegeln sich im dunklen Wasser,
das sich sammelt im See.
Was soll man schreiben,
um dem Leben zu entgehen.
Im Kloster unter der Linde
summt die Erlösung, die Bienen
feiern die Zustimmung zur Welt.
Da verfehlt sogar die Sonne ihr Ziel,
die Erleuchtung der Schwermut.

Czesław Miłosz

Das Jahr hatte so gut begonnen.
Ich durfte den heiligen Rochus besuchen,
der die Tiere heilte, während am anderen Ende
der Straße Bürgerkriege ausbrachen
und ihr Blut über den Bildschirm suppte.
Die winzige Pforte der Erinnerung,
lange verschlossen, ging plötzlich auf,
und ich sah mich, mitten in Venedig,
auf einer Bank sitzen, die für den Tod
reserviert war. Frauen gingen vorbei,
die geheime Botschaften flüsterten
auf dem Weg zum Bahnhof oder zum Boot,
und dann kam Miłosz auf mich zu,
den Spazierstock im Rücken, ein Netz
in der Hand mit glitzernden Fischen.
Man sah ihm den Tod nicht an,
wie er so dastand und Gedichte aufsagte,
wie andere von gestiegenen Preisen reden
für Wahrheit, für Obst und Gemüse.

Übersetzen

Mein Nachbar übersetzt
persische Gedichte,
Ghaselen, als sei nicht
schon alles gesagt.
Manchmal höre ich
ihn schreien, wenn ihm,
vom Versmaß befreit,
deutsche Worte fehlen
für Gott.

*

Wenn er am Ende ist,
ruft er an.
Er will hören, nicht lesen.
Was könnte, fragt er, in den
»Sieben Städten der Liebe«
passiert sein?
Von einer Zensur
will er nichts wissen.

Gott hat zu viel geschrieben,
damit legt er auf.

Überholt

Es ist beruhigend, in alten Büchern zu blättern,
die längst überholt sind. Novalis, Hamann, nur so,
ohne tiefere Absicht. Als es noch Tinte gab.
Als man noch etwas vom Leben wollte. Im Radio
wird Mahler gespielt, daß die Fenster auffliegen.
Ein heller Teppich liegt über dem Gras.
Die gesamte menschliche Kultur, sagt ein Franzose,
findet Platz in einer Hand. Ich höre den Grillen zu,
die Mahler zu schätzen wissen. Eine ewige Wiederkehr
in anderer Form,
unverständlich und ganz klar.

Was noch zu tun ist

für Peter Handke zum 70. Geburtstag

Die Nüsse einsammeln,
bevor der Eichkatz sie holt;
den Schatten in Sicherheit bringen;
mit dem Bleistift reden,
wenn er die Worte verweigert;
den Feind nicht finden wollen,
der im Ungedachten brütet;
in den Wolken lesen,
dem unabschließbaren Epos
über Form und Verwandlung;
den Stein von der Stirn heben;
dem Staunen eine Gnadenfrist geben.

Und nicht vergessen: den Ort aufsuchen,
wo sich das Buch versteckt hält,
das Buch mit den leeren Seiten,
das leere Buch, das Buch.

Antonio ist gestorben

Der Nachthimmel ist jetzt so nah,
daß man die Spreu der hellen Falter sieht,
die zwischen den Sternen vermitteln.
Drei Wünsche sind frei, das verworrene Sein
zu enträtseln, die fröhliche Wissenschaft
des Scheiterns. Das Meer ist zu hören,
es wird gleich hier sein, der Wind
trägt es über die Sehnsucht hinweg.
Drei Wünsche? Alles wartet, bis endlich
einer die Kerze löscht vor dem Morgen.

Literarisches Colloquium

Der Fuchs kennt mich noch, grau
ist er jetzt und blind, er sieht
mit den Ohren. Mitte der fünfziger Jahre
haben wir uns kennengelernt, kurz nach
Stalins Tod, als wir im sonnigen Garten
das Lehrstück der Angst studierten,
das für Gerechte und Ungerechte gedacht war.
Wir fuhren mit dem Boot zu Kleists Grab,
da waren die Schüsse besser zu hören,
wenn einer beim Pilzesuchen
den unsichtbaren Draht berührte.
Im Winter hörte man die S-Bahn kreischen,
im Sommer hörten wir nur uns.
Hinter den Gleisen lag meine Schule,
die uns die Liebe lehrte und Latein.
Wie hieß noch der Musiklehrer,
der sich aus dem Fenster stürzte?
Ich war hier schon, bevor ich mit Bleistift
meinen Namen schreiben durfte,
in einer Schrift, die mich nicht mehr erkennt.
Nicht mehr erkennen will.
Der Fuchs hält inne, grau und blind.

Nicolas Born

Ich würde gern Born wiedersehen,
der hier geschlafen hat,
in diesem Bett, in diesem Hotel,
kurz vor der Renovierung.
Gerald Bisinger, der Dichter,
war damals Zimmerkellner
und sorgte für frisches Bier.
Wir sprachen darüber,
was nicht gewesen ist,
was nie gewesen sein wird.
Ach, der traurige Reichtum
seiner hohen hellen Lieder.
Schon damals gab es die Spinne,
die mir jetzt ein Netz flicht,
in dem ich ersticke, fast.

Claude Simon

Im Traum setzte sich
Claude Simon neben mich,
ganz grün im Gesicht.
Er hatte, aus Versehen,
Bouletten gegessen,
am Wannsee in Berlin.
An seinen kleinen Händen
zog ich ihn zurück
ins wirkliche Leben.
Wir tranken seinen Wein,
einen provençalischen Roten,
und lasen die Georgica,
die er neu schreiben wollte
nach dem Krieg.
»Verzicht auf Verwirklichung«,
viel mehr sagte er nicht,
Sprechen war nicht seine Stärke.
»Sehen Sie den Schmetterling?«
sagte er zum Abschied,
»Odysseus, der nicht heimkehren will.«
Da wachte ich auf.

Zur Erinnerung

an Zev Birger

Ich höre die Güterwagen,
die durch dein Leben fahren.
Zwischen den Schwellen
höre ich deine Stimme,
die noch nicht weiß,
daß wir uns an sie erinnern müssen.
Die Stimme eines Wanderers,
der eine Wüste durchquert hat,
eine Wüste aus zermahlenen Knochen,
die wir für Sand hielten,
bevor wir dich kennenlernten.

Wer war es?

Im Honig vom vergangenen Jahr
steckt unversehrt
eine Fliege.
Der perfekte Mord.
Kriminalromane
könnten so anfangen
oder so enden.

Spiegel

Es braucht hoffnungslos lange, bis man
so ungefähr ahnt, wer man ist.
Die unausrottbare Liebe zu Apfelbäumen,
die Geschichtsschreibung der Wolken,
Grasforschung, nicht für den Druck
bestimmt, verzaubertes Wasser,
Verabredungen im zugänglichen Dunkel.
Eigentlich nichts für Götter.
Atmen, um dem Fluch zu entgehen,
hoffnungslos lange, sehr kurz.
Zu kurz.

Aufräumen

Die Bücher,
die nicht ins Alphabet passen.
Die Bilder,
die meinen Kopf verstopfen.
Die Worte,
die dem Meer schmeicheln.
Die Auswege,
die zurückführen.
Die Liebe zu Krähen.

Wie ich einem Hund
beim Sterben zusah.
Die Zeltstadt der Pilze.
Die Protokolle der Demut.
Tausend Arten
der Unendlichkeit.

Nicht mehr alles
wissen wollen.
Wird kommen,
was wir schon immer
gewußt haben?
In freien Versen
oder gereimt?

Die Verbundenheit
mit den Steinen
und ein Schwamm
für glückliche Wörter.

Im Schuppen

Eine Harke, der drei Zinken fehlen,
eine verrostete Sense, ungedengelt,
ein Buch zum Studium der Gräser,
von Sonne und Regen zerlesen,
Mausefallen, zerbrochene Ziegel;
Erinnerungen, nicht sehr gesprächig.
Manchmal steigen sie auf und
zerstreuen sich in der Gegend,
die meisten aber bleiben hocken,
als gehörten sie nicht mehr zu mir.

IV.

»Es war das Jahr, in dem sie
das Ministerium für Wetter auflösten.«
Aleš Šteger: Buch der Körper

Schnee

Es riecht nach Schnee,
ein Geruch, der ohne Beschreibung auskommt,
ohne große Worte der Bewunderung.
Über den See zucken letzte Wellen,
bleistiftdünn, bis sie das Eis
ausdruckt in regelmäßigen Versen.

Wir leben in guten Verhältnissen,
lesen die Zeitung, schauen fern,
sehen zu, wie Hamlet zweifelt,
lieben Mörike und Schuberts Impromptus,
auch die Armut läßt uns nicht kalt,
in der Nähe nicht und nicht in der Ferne.

Unser Nachbar wußte alles über Sanskrit,
jetzt hat er sich das Leben genommen,
weil seine Frau ihn verließ. Eben noch
sahen wir ihn im Garten bei den Amseln,
krumm wie ein Fragezeichen, die Vögel
wie hüpfende Punkte um ihn herum.

Wir leben länger als gedacht.
Wir unterscheiden die richtigen Begriffe
von den falschen. Wir lieben den Schnee,
wenn die Wege aussehen wie die Ränder
von Traueranzeigen. Großspurig
läuft der Tod dem Leben davon,

schon ist er im Weiß verschwunden.

Neujahr 2012

1

Schnee, die Flocken fallen
von unten nach oben.
Ich höre Schritte,
die ein Unglück suchen;
eine unleserliche Katastrophe,
Bleigießen, Blutgießen.
Keiner erinnert sich, warum
wir so geworden sind,
wie wir sind.
Aber wir sind noch da,
wir haben uns nur kurz
aus den Augen verloren.

2

Über der Baumgrenze
eine letzte Zirbelkiefer,
geknebelt vom Sturm,
bei ihr stand im Sommer der Hirt.
Er bemühte sich,
ohne Geschichte auszukommen,
ohne Anfang und Ende,
die Schafe dankten es ihm.

3

Wer ahnt denn schon,
was aus uns geworden wäre?

Neujahr

Seltsame Wörter machen die Runde,
die keiner versteht. Wo ist der Lehrer?
Er arbeitet an unzugänglichen Werken,
die Wahrheit, der entzündliche Stoff,
muß auf den Tisch. Europa erwacht,
der dunkle Raum zwischen Himmel und Erde
füllt sich mit Gier. Im letzten Jahr
haben wir noch über die Wolken geredet,
die den Sand trösten wollten,
den rebellischen Sand. Langsam
kommt das neue Jahr in die Gänge.
Einen verlangt es nach Pfirsichen,
und alle starren ihn entgeistert an.

Winter

Man möchte gesehen werden,
aber man wird nicht gesehen.
Was man gelegentlich sieht,
sind seltsame Bewegungen,
die an esoterische Kulte erinnern
im Einklang mit der Welt.
Die Angler sind eingefroren,
unter dem Eis zappelt
am Haken ein Fisch.

Arme Äpfel im Februar

Noch hängen Äpfel an den kahlen Ästen,
die hat der Frost verschont, als er,
von Süden kommend, über Nacht
mit einem rauhen Biß das Land versiegelte,
den Garten und den Blick in diesen Garten
und auch das Herz, das sich den Schnee erträumte.
Und was für Äpfel! Aufgeplatzte Schalen
und braunes, angefressenes Fleisch,
das selbst den Amseln nicht mehr schmeckt.
Entsetzlich, traurig: Als sei der Krieg,
der sich fürs Frühjahr angemeldet hatte,
jetzt schon durchgezogen.
Ich stand und schaute, bis ich nichts mehr sah,
was sich mit diesen armen Äpfeln messen konnte.

Schnee-Träumer

Auf der anderen Seite des Sees
sehe ich Menschen. Sie bewegen sich.
Sie schieben etwas vor sich her,
durch den Schnee, wie im Leben,
und scheinen sich wohl zu fühlen
in der Gesellschaft des Windes.
Dann setzt Tauwetter ein.
Alles wird sichtbar, was nicht ist,
alles wird sichtbar, zu hören ist
nichts.

Träumerei

Ein später Nachmittag,
den ich im Gras verbrachte,
unter den Vögeln.
Dem Grashüpfer ersann ich
eine Biographie,
der Ameise eine Geschichte.
Um Gnade wollte ich bitten
bei den kleinsten Tieren.
Am Abend war ich selbst
so klein, daß mich der Tod
übersah beim Rundgang
mit seinen Nervensägen.
Die Bäume rückten zusammen.
Wie unaufgeschnittene Bücher
sahen sie aus, wie ein Friedhof
aller heute gestorbenen Tiere.

Palmsonntag, 2012

Wenn das Meer wach wird,
leuchtet die Stille. In großer Höhe,
dicht unterm fahlen Mond,
zeichnen die Möwen ein Bild vom Menschen,
wie wir es uns wünschen.
Sie zeigen, wie Gemeinschaft entsteht
und zerfällt, eine Kunst,
die zu uns spricht. Wir sehen zu.
Aus dem Strandgras erhebt sich
die Sonne, sie zeigt den winzigen Vögeln
den Weg zum Meer. Gott wird
ein Kiesel unter dem Ansturm der Wellen.
Er erzählt die Geschichte vom Ende,
das nicht endet – solange die Möwen
nicht die Erde berühren.

Corbara, 1. April

Setzlinge

Heute wurden unsere zwei Agaven
zurückgebracht, die den Winter über
in einer Gärtnerei um die Ecke
in Pension waren, in einem Treibhaus
zusammen mit vornehmen Pflanzen,
wie sie in unserem Viertel geschätzt werden.
Ich dachte, sie hätten geschlafen
und von Mexiko geträumt oder der Levante,
von müden Eseln und der Stille,
nachdem die Bomben eingeschlagen haben.
Das Gegenteil ist der Fall.
Unter ihren gurkengrünen fleischigen Degen
schauen mehr als zwanzig Setzlinge hervor,
sorglos und neugierig wie junge Katzen.
Entfernen? fragt mich der Gärtner,
der nach nasser Wolle riecht.
Entweder sie werden den Tontopf sprengen
oder alle zusammen eingehen.
Ich bin jetzt achtundsechzig Jahre alt
und kann mich nicht entscheiden.
Ende Oktober wissen wir mehr.

Strand-Café

Das Café hat noch geöffnet,
auf den schon angeketteten Stühlen
sitzen die Toten und trinken Wein
auf unsere Kosten. Ein paar Häuser,
aus dem Meer gefischt, schauen zu.
Ein Bettler sammelt Münzen ein
und wirft sie den Toten zu als Opfer.
Aus der Bar fällt ein schmaler Streifen
Licht bis zum Meer,
auf ihm gehen die Toten davon
übers Wasser. Wir bleiben sitzen,
bis sich der Tag die Augen reibt.

Kurzer Ausflug

Am Abend noch das Rad
aus dem Schuppen geholt
und zum Fluß gefahren
in der Spur des Windes.
Mücken waren unterwegs
und gelegentlich Menschen.
Daß die Welt verschwindet,
kann man nicht sagen,
wenn keine Zeugen zugegen
sind, die es bestätigen.
Man hört das Lachen der Birken,
wenn ihnen die Insekten
zu nahe kommen, sonst
hört man fast nichts.
Ich weiß nicht, wohin
die Wege führen. Ich schaue
in den traurigen Reichtum
an Grün und fahre weiter
in was nicht gewesen ist,
aber gewesen sein wird,
bevor die Dunkelheit fällt.

Sommerhaus, Ostern

Vor dem Haus angewehtes Laub.
Aus dem Postkasten schlagen Drohungen
vom letzten Jahr, und alte Zeitungen
zählen die eigenen Toten,
die der anderen zählen nicht oder
nur dann, wenn wir sie umgebracht haben.
Wir? Ja: wir. Nach vier Monaten
darf man getrost mit dem Plural spielen.
Auf der Terrasse ein toter Eichelhäher,
im letzten Sommer war er mein Freund.
Die Bäume noch kahl. Durch die Äste
kann ich den See sehen, ein todmüdes Schiff,
das vom Wasser umarmt wird.
Keiner weiß, wie Schönheit entsteht,
und keiner will wissen, warum
wir sie brauchen, nämlich um einmal
nicht über sie reden zu müssen.
Wir. Wir haben keine andere Wahl.

Zum Stand der Dinge, 2012

Das also soll der Sommer sein.
Ich öffne das Fenster, um den Regen zu hören,
sein Trommeln auf den Schuppen,
sein zischelndes Gekritzel im Gras.
Den Amseln schaue ich zu,
die seit ihrer Geburt nichts anderes kennen
als diese dünnen gläsernen Strippen,
die auf die Erde knallen und verschwinden.
Zähle ich alle Schatten zusammen,
ergibt sich schon früh eine Dunkelheit,
die sogar einen verträumten Utopisten ermuntert,
sich wieder auf die Unendlichkeit einzulassen.
Man muß das Licht anmachen,
um sich eine Zukunft vorstellen zu können.
Oder man malt sich Landschaften,
mit Ruinen, die von Schafen bewohnt werden.
Und Ziegen, denen es egal ist,
ob sie diesen Ort gewählt haben
oder ob er ihnen zugewiesen wurde.

Am See

Ein uraltes Land, von Moränen gezeichnet.
Wenn die Sonne es aufhellt oder der Blitz,
verschwindet es bis zur Unkenntlichkeit.
Man weiß nicht, ob man dazugehört.
Wie der Baumstamm in den auslaufenden Wellen
rollt, als gäbe es keine Herkunft für ihn,
erträgt man sein Leben wie alles andere auch.
Auf der anderen Seite des Sees eine letzte Mahd
vor dem Winter, der Regen hat noch einmal
das dünne Gras aus dem Acker gezogen.
Die Bäume schon kahl, Krähen ersetzen
der Linde die Blätter. Es gibt, heißt es,
eine andere Lesart des Herbstes, die wird
vom Wasser erzählt, in wehrloser Mundart.

Bei Boston, am Meer

Der Wind, müde der dornigen Hecken,
hat sich endlich gelegt –
sei du jetzt auch still, Meer!
Der Morgen wie kalte Asche.
Selbst die Insekten verzichten
auf ihr heidnisches Handwerk.
Das Atmen kommt einem
wie eine Erfindung vor,
die man noch nicht beherrscht.
Von Gott ist nicht viel
zu sehen bei diesem Licht.

In Erwartung des Regens

Das Gras soll geschnitten werden,
es steht zu hoch. Flugzeuge
schreiben den Himmel zu
mit bleicher Schrift. Sie sehen alles,
das Haus, das Gras und mich.
Wir werden aufgenommen, als käme es
auf uns an. Jeder weiß dann,
was kommt, wir sind die Vergangenheit
der Zukunft. Vom Gras bleibt nur
die Erzählung, die alles erklärt,
doch nicht zu lesen ist.
Gott knurrt, bald gibt es Regen.

Herbst

Die Sonne hat sich ins Holz des Schobers
gegraben, um mir den Rücken zu wärmen,
das letzte Mal wahrscheinlich in diesem Jahr.
Unablässig redet das Holz, kaum daß sich
eine Biene nähert oder einer dieser Käfer,
die plump und sorglos gegen die Bretter prallen,
als wollten sie dem Holzgeschwätz ein Ende machen.
Weiter unten am Hang haben die Wespen
sich in der Wiese vergraben, eine Stadt wollen sie gründen,
eine Stadt ohne Licht, und alles muß weichen,
sogar den Maulwurf haben sie vertrieben.
Die Sonne verläßt jetzt das neunte Haus,
die Linde steht ihr im Weg, ihre letzten Blätter
bewegt ein östlicher Wind, als atme der Himmel
sich frei. Manchmal war ich einer
unter den Blicken der anderen, der Verschonte,
der seine Träume ausbreiten durfte,
wenn wir, im Schatten schon, auf der Schattseite,
darüber sprachen, was wir sind und was wir
sein möchten. Jetzt ist die Welt längst
weitergezogen, und ich sitze immer noch da,
den Rücken am Holz, ein aufgerolltes Blatt
in der Hand, das seine Schönheit zu verbergen sucht.

An der Ostsee, sehr früh

1

Unruhig, wie die trippligen Strandläufer,
die am Morgen ihre Spuren suchen
vom vergangenen Tag.
Wie Gräser, die keinen Schatten werfen.

Kinder, müde vom Schlaf,
knurren das Meer an.

Es hat lange gedauert,
bis die Botschaft des Kaisers
endlich angespült wurde.
Aber jetzt will sie keiner wissen.

2

Leere Schneckenhäuser, Muscheln.
Das Gute sieht besser aus, als es ist,
das Böse wie immer zu wortreich.

Chiusi, terre di Siena

Vor mir eine zweisprachige Vase,
angeblich etruskisch, also sehr alt.
Mustiola hat aus ihr getrunken,
die Märtyrerin, jeder hier kennt sie,
obwohl sie keiner gesehen hat.
Sie gehört jetzt auch mir.
Wenn sich einer an mich erinnert,
wird er nicht ahnen,
was mich mit dieser Vase verband.

Die Spinne und ich

Schau, wie die Spinne
ihr Leben verwirkt,
Faden um Faden,
ein uraltes Handwerk,
reine Kunst.
Ich finde Zettel
in meinen Büchern,
in meiner Handschrift,
von Spinnen geschrieben:
Orpheus unter den Tieren.
Noch eine Galgenfrist
für die Spinne und mich
und den letzten Faden,
der nicht reißen soll.

Die Amsel

Der Wind, der sich jetzt ruhelos
der Apfelbäume annimmt und sie fleddert,
als gelte es, die Ernte vor dem Abend
einzubringen, nimmt auch der Amsel,
die sich mühte, mir den Sturm vom Leib
zu singen, Form und Fassung.
Ich sehe, hinterm Fenster stehend, wie sie,
trotz aufgestellter Flügel, auf mich zu
stürzt. Die Scheibe zittert leicht vom Aufprall,
dann fällt der Vogel. Was kann ich tun?
Ihr Totenhemd, das schwarze, das ich kenne,
seit sie das erste Mal vor meinen Augen
aus der Hecke stürmte, ist jetzt befleckt.
Auch das Papier, auf dem ich klären wollte,
wer ich bin, hat sich nun eingeschwärzt
und liegt, in Leichenstarre, vor mir,
nicht zu gebrauchen für ein Liebeslied.

Frühe Sonne, im Süden

Wie Spolien hängen
Echsen an den Wänden.
Das Licht sammelt sich
und löscht die Handschrift aus,
in der die gute Nachricht
festgeschrieben stand.
Siehst du den Bussard?
Er hat mitgeschrieben:
Die Asche ist noch warm.

Mähen

Mit der stumpfen Sense
durchs Gras fahren, den großen Reichtum
nur wie im Fluge berühren.
Jeder Halm, der sich nicht beugen will,
ein Mikrophon, mit dem die Toten
Fühlung halten und das Versäumte
beichten, als stünde ein Ende bevor.
Man muß das Blatt ziehen, nicht drücken,
im Zeitmaß des rumpelnden Herzens.
Im Tal stehen unschlüssig die Kühe
mit schwerem Euter auf der Wiese.
Und ein Vogel schreit auf,
als gäbe es eine frohe Botschaft
zu verbreiten, die uns bislang erspart blieb.
Die Möglichkeiten, Abschied zu nehmen,
werden geringer, also muß das Gras
dran glauben, das unbekümmerte Gras –
dieser Schnitt wird sich nicht wiederholen.

Sommerende

Ich schaue den Faltern zu,
die gegen das Glas schlagen,
ein Geräusch wie splitterndes Eis.
Die bitteren Zensuren,
die wir dem Sommer nachrufen,
der sich davonstiehlt,
nehmen die Vögel mit.
Mehl in den Nüssen
und der Geruch von altem Heu,
als sei mehr nicht zu erwarten.
Das Haus bebt, und der Tisch
erzählt eine dunkle Geschichte,
mitgebracht aus einem anderen Leben,
das uns verschlossen bleibt.

Rêverie

Ein Wind, in sich selbst vertieft,
sitzt in den Bäumen vor meinem Fenster
und trotzt der geschwätzigen Trauer
des Regens. Da hört alles auf,
auch die in Aussicht gestellten Welt-
untergänge und die Vermehrung von Dummheit.
Wie klein die Meisen sind!
Und wie sie die Bäume aushorchen!
Natürlich wäre es ganz falsch,
jetzt auf die Vernunft zu setzen,
denn sie besitzt nichts,
um unsere Träume zu nähren.

Stehendes Gewässer

Ein stehendes Gewässer
im Wald, von Zeit zu Zeit
berührt von Insekten.
Eine dicke Oberfläche
aus Samen und Blättern,
die sich dem Wind verweigert.
In der Nacht trinken hier
die größeren Tiere, aber nur
in der Nacht, damit wir
nicht in Verlegenheit kommen,
ein andres Wort zu finden
für stehendes Gewässer.

Lichtung

1

Das Drama der Blätter,
wenn sie fallen; und du,
weit weg, bemühst dich,
eine Welt zu lesen, wo keiner
das Lebewohl mehr versteht,
die Umkehr auf halbem Weg
zwischen Auge und Herz.

2

Blätter beweinen die Toten,
nur die Spatzen, unbekümmert,
lassen sich abspeisen mit Krümeln.
Die kommende Welt,
durchs böse Auge gesehen,
nimmt ihren Anfang
im hilfsbereiten Herz der Wörter.

3

Alles zittert.
Und Gott zittert auch.

Inhalt

I

II

III

IV